KB267292

윤영돈 시집

안 괜찮아도 괜찮아요

윤영돈

윤영돈

건국대학교 국어국문학과 졸업
고등학교 교사 역임
문예동인지 [청록] 회원으로 활동 중
시집 : 행복을 여는 보석상자

윤영돈 시집
안 괜찮아도 괜찮아요

초판 인쇄일 2026년 3월 15일
초판 발행일 2026년 3월 15일

지은이 윤영돈
펴낸이 장문정
펴낸곳 도서출판 그림책
디자인 토마토
출판등록 제2010-000001
주소 경기도 수원시 영통구 이의동 웰빙타운로 70
연락처 TEL070-4105-8439
출판문의 010 2676 9912

E-mail : khbang21@naver.com

윤영돈 시집

안 괜찮아도 괜찮아요

시인의 말 저린 손 끝으로 길어 올린, 생의 서툰 고백들

삶은 늘 우리에게 두 가지 질문을 던집니다.
'무엇을 얻을 것인가'와 '어떻게 살 것인가'
그 거대한 질문 앞에서 저는 늘 작아지는 존재였으나, 한 가지 분명한
진리만은 놓지 않으려 애썼습니다. 그것은 오직 보고, 느끼고, 생각하
며, 마침내 작은 것 하나라도 사랑으로 실천하는 사람만이 삶이 숨겨
둔 소중한 답을 얻을 수 있다는 사실입니다.

교단에서 아이들의 눈망울을 마주하며 보냈던 시간들, 그리고 그 너
머로 흐르던 사계절의 풍경들이 제게는 모두 시(詩)였습니다. 때로는
인생의 절벽 앞에서 막막한 어둠을 보았고, 때로는 좁은 길 위에서 말
할 수 없는 은혜의 빛을 발견하기도 했습니다. 그 모든 순간의 감정들
이 흩어지지 않게, 저린 손을 꾹꾹 눌러가며 종이 위에 옮겨 적었습니
다.

시를 쓰는 일은 제게 화려한 수식어를 쌓는 일이 아니었습니다. 오히려 마음의 군더더기를 깎아내고 비워내는 고통이었으며, 그 비워진 자리에 누군가의 눈물을 닦아줄 '쉼표' 하나를 정성껏 그려 넣는 일이었습니다.

여기, 그동안의 어설픈 고백들을 묶어 세상에 내어놓습니다.
문장이 수려하지 못해 부끄러움이 앞서지만, 행간마다 심어 놓은 진심만은 따뜻한 온기로 전해지길 소망합니다. 부족한 저의 이야기에 기꺼이 귀를 기울여 주신 이름 모를 누군가에게, 깊은 존경과 감사를 전합니다.

당신의 가슴 속에도 오늘, 행복을 여는 작은 보석상자 하나가 환하게 열리기를 기도합니다.

2026년 봄날의 길목에서

지은이 윤영돈

숨 가쁜 생의 길목, 시인이 건네는 따스한 쉼표와 사랑의 수채화

윤영돈 시인의 시 세계는 '위로'라는 이름의 맑은 샘물에서 시작된다. 건국대학교 국어국문학과를 졸업하고 오랜 시간 교단에서 청춘들의 성장을 지켜봐 온 시인은, 이제 삶의 무게에 눌린 동시대인들의 어깨를 가만히 다독인다. 이번 "안 괜찮아도 괜찮아요" 시집은 그가 평생을 두고 가꾸어 온 서정의 정원이며, 그 안에는 길 잃은 영혼들이 잠시 머물 수 있는 '의자'가 놓여 있다.

"바쁜 일상에 쉼표 하나 찍고 / 안 괜찮아도 괜찮아요"라고 나직이 읊조리는 시인의 목소리는 강요된 긍정이 아니다. 그는 우리가 버티고 있음을 알며, 때로는 그 버팀이 능사가 아님을 깊이 공감한다. 1부 '쉼표 하나, 마음을 보듬다'에서 시인은 현대인의 고독과 피로를 외면하지 않는다. 오히려 외로움을 "바깥에 서 있는 느낌"이라 정의하며, 그 침묵조차 위로가 될 수 있음을 보여준다. 이러한 공감은 그가 교편을 잡고 수많은 제자의 고뇌를 가슴으로 받아냈던 스승으로서의 성품에서 기인한 것이리라.

시집의 중반부는 자연과 가족이라는 가장 원형적인 사랑으로 향한다. 2부 '계절의 길목에서 띄우는 편지'에서는 사계절의 순리를 시인의 시선으로 여과해 낸다. "찐 호박잎에 밥을 한두 술 얹고 강된장 크게 한 술 떠서" 먹는 가을의 맛을 노래하거나, "서랍 속에 넣어둔 기억"을 꺼내 통의동 골목길을 회상하는 장면은 한 편의 정밀한 수채화를 보는 듯하다.

특히 3부 '사랑이라는 이름의 거울'은 이 시집의 가장 뜨거운 심장부다. 시인은 돌아가신 아버지를 그리워하며 "당신의 깊은 주름 헤아리지 못하고 괜한 상처만 남겼다"고 고백하고, "달님처럼 풍요로움이 가득한" 어머니의 사모곡을 부른다. 여기에 곁을 지키는 아내를 향해 "소금 같은 당신과의 인연"을 새기는 고백은, 이 시집이 단순한 문학적 기록이 아니라 한 인간의 성실한 사랑의 연대기임을 증명한다. 문예동인지 『청록』 활동을 통해 다듬어 온 정갈한 문체는 자칫 넘치기 쉬운 감정을 절제하며 독자의 가슴에 더 깊은 파동을 남긴다.

- 방훈(도서출판 그림책 팀장 | 인향문단 회장)

제1부
쉼표 하나, 마음을 보듬다

제1부
쉼표 하나, 마음을 보듬다

바쁜 일상에 쉼표 하나 찍고

사람들은 쉽게 말해요
천천히 가도 괜찮아!
괜찮아질 거야라고
다들 버틴다니까

버티고 있긴 한데
버티는 게 능사는 아니잖아요

가끔은 그냥 쉬고 싶어요
아무 말도 하지 않는 게
위로가 돼요

근데 알아요
시간이 해결해 준다는 걸

그러니까 지금은
안 괜찮아도 괜찮아요

작은 기도

기도는 내 존재 이유를 날마다
확인하는 것.
내가 사는 이유를 24시간, 1440분,
86400초마다 잊지 않는 것.
좋으니까, 나도 모르게 바라보는 것.

생각나고 궁금하니 묻게 되고
보고 싶으니 찾게 된다.

기도하다 보면 자신이 서 있는 자리가
축복의 자리, 응답의 자리로
바뀌어 있다.

응답은 낯선 곳에서 이벤트처럼
펼쳐지는 것이 아니다.

평범한 일상에서 조곤조곤
받는 것이다.

하나님은 우리 영혼이 태워야
하는 연료, 양식으로 삼아야 하는
음식이다.

믿음으로 기도하는 순간
성령께서 역사하신다.
하나님의 소원은 모든 사람이
복음을 들으며 구원을 얻는 것이다.

괜찮은 오늘

익숙한 자리에 앉아
따뜻한 커피를 마시며
하루의 첫 페이지 연다

작은 하루가 모여
내일의 설렘이 된다

아직 시작도 하지 않은 하루가
왠지 모르게 버겁게 느껴질 때
숨을 고르고
천천히 걸어가면 돼요

꿈을 향해 걸어가는 삶
갈 곳이 있는 발걸음은 힘차다

오늘의 나를 있게 한
작은 빛이자 나를 만든 첫걸음이다
작은 것에는 늘 '처음'이 숨어 있다
꿈은 아직 끝나지 않았다

아직 피어나지 않은 꿈이
누군가의 내일이 되기를 바라며

독백

세월의 강을 건너다보니까
어느새 지내온 세월만큼
그 빛나는 균열은 영혼을 보는 듯합니다

지내놓고 보니
고달프고, 어려움 없이 사는 삶은
이 세상, 어디에도 없는 것

조금 부족해도 감사하며
살아가면 기쁨이 되고,
조금 모자라도 만족하며
살아가면 고마움이 되고,
조금 서운해도 무탈하게
살아가면 행복이 된답니다.

행복한 사람은
모든 것을 가진 사람이 아니고
가진 것에 만족하는 사람,
하고 싶은 일을 하는 사람,
갈 곳이 있고 오늘을 즐기는 사람입니다.

가진 것에 기뻐하며 감사하는 사람입니다.

살아 있음에 감사하고,
작은 것에도 미소 짓고
일상의 소소함 속에서
기쁨을 느끼는 한 번뿐인 우리네 인생!

매 순간 아깝지 않게
후회 없이 꽃 같은 마음으로 살아가리라.

외로운 만큼

외로움은
말이 오가고,
웃음이 터져도

어딘가,
바깥에 서 있는 느낌이랄까

그럴 땐
그 울림이
창밖의 나뭇잎 흔들림조차
내 마음 같아 보인다

외로움은
크게 울지 않는다

그래서
더 오래
더 길게 남는다

가끔은
눈물보다 먼저
침묵이 터져 나올 것만 같다

의자

하루의 무게가
살며시 어깨를 타고
흘러내릴 때

의자를 눈에 담으면,
'사랑'을 느끼고
마음에 담으면,
'온기'가 느껴지고
대화를 나누면,
'향기'가 느껴진다

의자의 품 안에
나를 맡기면,

지친 마음에 포근한 쉼이
내려앉는다

휴식을 취할 수 있게 함이요
머물러도 좋은 안식의
시간이다

일상의 소소함 속에서
아무도 알 수 없는
내일이 있기에

날마다 새로운 꿈을 꾸고
설렘으로 첫걸음을 준비한다

설렘이 두려움을 압도한다

세상에서 복제할 수 없는 것이
시간이고
다시 돌아갈 수 없는 것이
인생입니다

시간은 삶의 기회이며
진정한 축복입니다

바쁜 일상에 쉼표 하나 찍고
다독여 주세요

때로는 주저앉아 울고 싶을 때가
있습니다

절망의 시간 속에서 자책하기도 합니다

고통이 때론,
살아갈 힘을 부여해 줌을
깨달을 때
힘을 낼 이유는 충분합니다

나무에 앉은 새는
가지가 부러질까
두려워하지 않습니다

새는 자신의 날개를
믿기 때문입니다

할 수 있는 만큼만

왜 꼭 잘해야만 하는 걸까

그냥 못하는 대로 두면 안 되나요
왜 꼭 그렇게 완벽하려고만
하는 걸까

완벽해지고 싶다 해서
완벽해질 수 있는 것도 아니에요

그러니, 모든 것을
다 잘할 필요도 없어요

못하는 일을 애써 잘하려고
하지 않아도 돼요

각자의 자리에서
할 수 있는 만큼만 하면 돼요

열심히는 하되,
굳이 완벽하지 않아도 괜찮아요

그 꽃은 아픔이 되어

풍납동 A병원
익숙한 듯 낯선 병실
생소한 사람들!

가끔은
힘없이 누워 있는 마음에
다가오는 공허가 겹치면

소르르
가슴 아린 이야기 보따리
풀어 놓는다

조금은
위안을 받고 싶은
마음을 만진다

생각의 바이러스를 줄이는
주사는 없을까!

이름도 모르고, 알 수도 없는
병명이란 꽃은 내 안에서 아픔이 되고,
그 아픔을 손에 쥔 채로
슬픔을 눌러 앉힌다

가시처럼 파고 오는 아픔을 삼킨다

꿈을 꾼다
저린 손 꾹꾹 눌러가며
나의 고백서 같은
글을 쓰는 동안

들쑥날쑥한 마음 탓인지
쪼르륵 얽힌 생각들…

아직 아물지 않은
깊은 상처의
쓰삑쓰삑한 통증!

소리 없는 눈물처럼
슬픈 마음을 삼킨다

움츠린 몸 속에서
그 꽃은 아픔이 되어,
소리 없는 신음을 흘린다

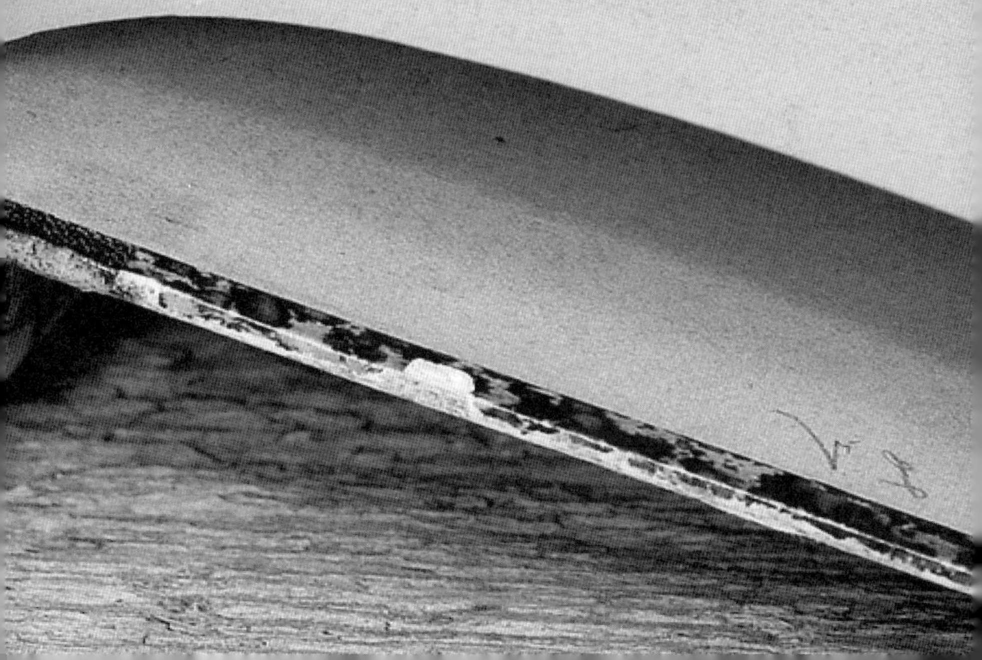

제2부

계절의 길목에서 띄우는 편지

여름에

여름밤이 깊어가고 있다
도시의 밤 별들이 아스팔트 가로등
빛 사이로 희미하게 빛난다
심장의 고동 소리가 어둠 내린
들판 위에 울리듯
삭막한 도시에서는 결코 만날 수 없는
애틋하고 아름다운 사랑의 이야기가
여름밤 바람이 되어 스쳐 지나간다
서로의 외로운 영혼에 기대어
애틋한 만남과 사랑을 나눈다
그리고 눈물의 작별을 한다
모든 추억이 사랑의 기억으로
남은 것처럼…
여름날 나무 그늘 밑 풀밭 위에

누워 속삭이는 물소리를 듣는다
파란 하늘에 유유히 떠가는
구름을 바라본다
햇살 한 줌이 주는 행복을
맛보며…

봄 소식

얼어붙은 동토에도

희망의 새싹은

강한 생명력으로 꿈틀대고 있다

도처에 피어난 하얀 벚꽃과

노란 개나리꽃

봄이 성큼 다가옴이다

언덕길 오르면

뭇 새들이 반기고 청량한 바람이

이마의 땀을 식힌다

산새 소리, 풀벌레 소리…

모두가 정겹다

눈으로 가을을 먹어봐요

찐 호박잎에 밥을 한두 술 얹고
강된장 크게 한 술 떠서 올려
입에 넣으면 마음에 가을바람이
이는 듯 청량한 맛이다
눈으로 먼저 이 가을을 먹어봐도
자연의 맛과 정취를 오롯이 느낀다
마음까지 가득 채운 정갈한 담음새,
그리고 풍성한 차림새…
선명한 빛깔의 붉게 우러난,
맨드라미 꽃차는, 눈으로 먼저 즐긴 다음,
그윽한 향과 은은한 단맛을
느끼게 한다
가을이 무르익어 가고 있네요

서랍 속에 넣어둔 기억

늦가을 오후
가로수 길을 걷는다
깊은 가을 속을 걷는다
바슬바슬
부서질 것 같은
낙엽 속으로
낡고 희미해진
시간들을 보낸다.
단순히 흑백으로
서 있는 나무들을
바라본다.
빛바랜 누런 종이만큼
오랜 흔적을 읽는다.
내 마음의 키가 자랐던

그곳!
지금은 되돌아갈 수 없는!
아직도
주인공들과 재회하고 싶은
통의동 골목길에서…

가을이 오면

머리칼 간질이는 바람결
이마를 타고 내리는 새소리
바람에 흔들리는 풀꽃들처럼
넋을 잃고 만다
넋 잃고 바라보는
호반의 정취 아래 흐르는
저 물은 바다로 흘러들겠지
우리도 저 물과 같이
어디론가 흘러가는 것일 뿐인데
좀 내려놓자 하면서도
도무지 이뤄지지 않는 꿈!
거기 어디쯤 있을 새로움을 찾아
떠나고 싶어 하는 인간 본연의 모습
내내 놓지 않는 것은

사라지는 것들에 대한 서사다
가을이 오면
제일 먼저 벗나무 잎 떨어지고
고즈넉하다 못해 쓸쓸하다
그 다음엔 내 눈물이 떨어진다

가을이 오는 길목에서

노을을 안고
걸어가고 있는 나
문득 발걸음 멈추고 서 있다
모두가 혼자가 되는 계절
아침에 보았던 보랏빛 들국화
그 애잔한 빛을 사랑하는
마음으로 바라본다
누군가의 사랑의 말을
기다리는 사랑이 그리운 계절!
한참 동안
가을이 오는 길목에서
오던 길 되돌아보고 서 있다

시간의 흔적

따뜻한 볕이 창문에 기대어
시린 마음까지 보듬어주는 날들
목련나무에 어린아이가 주먹을
쥔 듯한 하얀 목련 꽃송이 피어나고
버드나무 가지마다 연노랑의 싹들이
혀를 내밀고 있다
봄이 온 것이다
지난겨울의 움츠렸던 기억도
사라진다

내겐 너무 달달한 가을!

어디선가 들려오는 풀벌레 소리
입추 처서 지나다 보니
아침저녁으로 서늘한 바람 한 점
용케 찾아온 가을이다
타다 물든 창밖엔
주눅 들린 담쟁이넝쿨만
덩그러니 입맞춤하네
소소한 가을바람에
그리운 님의 소식이
이렇게 고마울 줄이야!
기다리다 보면 온다고 그랬지
성태산 기슭은 아직 눅눅한 가을이라
조금은 민망하지만,
님이시여, 내겐 너무 달달한
가을이라 불러도 되겠지요

가을에

어느새 바람이 옷깃을 여미게 하는
완연한 가을이다

흐릿한 자연의 민낯을
고스란히 느끼기에 가을만큼
좋은 계절은 없다

낙엽 지는 때 마음의 양식을
살찌게 하소서

남겨준 사랑의 기억과 추억은
내 가슴에 남아
또 다른 사랑을 꽃피우리라

그대 소중한 사람들이 채워놓은
사랑의 바다에서
세상을 향한 돛을 올려라

밝아오는 새벽 여명의 찬란함이
진정한 소망 아니겠는가!

손님맞이

눈송이가 내 어깨를 토닥인다
입김을 호호 불며
얼굴 한 번 찡그리면
추운 날도 견딜만하지
실개울 얼음 밑으로
졸졸 흐르는 물소리

따스한 햇살 어깨에 얹고
눈송이 녹이듯
봄이 오는 소리
그렇게
반가운 손님은 찾아왔다
마음도 열려 있었다

제3부

사랑이라는 이름의 거울

언어의 美學(미학)

"네 생각이 나서"라는 말
참 기분 좋게 들리네요
꼭 대단한 일이 아니다
그 생각 뒤에 오는 것들은
온전히 나를 위한 것이니까!

말의 온도가 따뜻한 사람은
마음씨도 따뜻하더라
그렇게 따뜻한 말로
세상을 환하게 비추는
사람이 좋더라

세월은 조용히 흐르지만
그 안에 남는 얼굴들이
있습니다
힘들던 날, 말없이 손을
잡아주고
기쁜 날, 먼저 미소 지어주던
사람…

당신이 바로 그런 사람입니다.

사랑의 법칙

내가 당신을 사랑하고
당신이 나를 사랑할 때
우리는 서로의 거울이 됩니다

진정으로 사랑할 줄 아는 사람은
자기 자신을 먼저 사랑하는
사람입니다
자기 자신을 사랑하지 않으면서
남을 사랑한다고 말한다면
그것은 거짓이고, 위선입니다

인생, 그 자체는 여행이
아닙니다
종착역도 아닙니다
인생은 과정입니다
사랑은 곧 인생입니다

아버지

사랑하는 나의 아버지!
그리운 이름 석 자
세월이 흐르는 건 아쉽지만
이토록 당신을 닮아 살아가고
있습니다

철없던 시절
소리 없이 늘…
당신의 깊은 주름 헤아리지
못하고 괜한 상처만 남겼습니다

인생은 뒤로 가는 길이 없고
다시라는 말이 없듯이
결국 마음속에만 머물다 만
미안함을 전하지 못한 채
후회가 됩니다

아버지
힘들 땐 위로해 주고
슬플 땐 말없이 안아주고
아플 땐 살며시 다가와
손을 잡아준 품이 그립습니다

사랑하는 나의 아버지
미안하고, 그리고 사랑합니다

꿈을 향해 걸어가는 삶!
새로운 것으로 채울 수 있으니
참 감사한 일입니다

思母曲(사모곡)

달님처럼 풍요로움이 가득한
한가위일세!
세월이 흐를 때마다
그리움은 더욱 커져만 가고
내 마음속 한켠엔
엄마의 온기가 항상 함께하고 있다

엄마의 빈자리
너무나도 크지만
애써 웃으면서 행복하게
지내려 하고 있다

바람에 흩날리는 여인의
머릿결에
라일락 향기가 퍼져나가네!

다시 못 올 그곳으로 날아가고
여인의 목소리만이
가슴 깊은 곳에 남아있네!

시간이 더 있었다면
조금이라도
더 행복한 기억들을 안고
살아갔을 텐데 말이야!
그래도 아쉬운 건, 그리운 건
어쩔 수 없나 봐!

줄곧 버팀목이 되어준 건
엄마와의 기억들이다
지금이라도 아들아! 하고
내 곁으로 올 것만 같다

엄마! 그곳에서 아프지 말고
하나님 곁에서 편안한 안식을
하시길 바래요
사랑합니다
가을 향기를 드립니다

빈자리

비 오는 여름날
어머니의 손길이 닿은
마루에 걸터앉아 본다

이곳저곳 패인 마룻바닥
어머니의 닳고 닳은 흔적이
배어있고 나물 바구니도 있었다

천방지축 울 집 흰둥이
앞다리에 턱 괴고 뜰에 앉아
큰 눈 껌벅이며 내리는 빗줄기
세고 있다

빗소리 타고
콧등에 앉는 들기름 냄새
맛있는 부추전이 익어간다

아직도
어머니 손길 그리워
잠시나마 그리움 속에
잠겨 본다

잃어버린 시간을 찾아

사랑했던 모든 순간들을
그리워하는 지금
먼 훗날에도 똑같이
그리워할 겁니다
그때의 기쁨과 아픔도
그리워할 겁니다

가슴 저리는 아픔을 통해
나의 사랑을 확인할 수
있을 겁니다
당신을 여전히 사랑하고 있노라고

슬픔도 사라지고
이젠 따스한 마음으로
당신을 그리워하게 될 것 같습니다

세월이 지나는 것처럼
마음의 상처도 아물어 갑니다
사랑이 인생의 전부가
아니라는 것을…
아직도 가야 할 길이 있다는 것을…

다시 사랑하지 못할 겁니다
언제나 당신뿐이었는데
이젠 오직 '나'뿐!
잃어버린 시간을 찾아
헤매었지만
추억만 쌓일 뿐이네

소리가 부르는 그리움

눈을 뜨면
지나간 기억이 스쳐 가듯
가을날 쌓이는 낙엽처럼
그리움을 쌓는다

그대가 보고 싶어
눈가에 가을비가
머물러 있음을 기억이나
하겠는가!

그리운 사람은
생각 속에 살아나고
그대가 기억나는 순간을 만나면
삶의 여운으로 돌아가야만 한다

그리움은
기다림의 흔적이다
기다림은
너를 향한 나의 사랑이다

지금도 마음 어딘가에

마음은 종이에 담기지 않는다
눈을 마주친 그 찰나에
서로의 진심을 안다

멀리 있어도
가까이 있는 마음이 있다
나는 마음을 여는 자리로 간다

소식이 뜸해도 떠올리면
마음이 따뜻해지는 이름이 있다
지금도
마음 어딘가에

끝내 남은 것은,
슬픔 속에서
함께 웃어준 사람의 마음
내 눈물을 먼저 알아본
사람의 마음일 게다

착각

사람은 누구나 처음에는
착하고 찬란하다
하지만, 그 모습이 얼마나
오래가느냐가 문제다

누군가의 친절한 모습에
쉽게 마음 흔들리지 마라
어떻게 변할지 모르니까?

곁에 두고 오래 보아도
알 수 없는 것이 사람이다
곁에 두고 오래 보아야
알 수 있는 것이 사람이다

꽃을 보듯

그리운 날은 그림을 그리고
쓸쓸한 날은 음악을 듣는다
그리고도 남는 날은
꽃을 보듯 너를 본다

평화와 사랑이 숨쉬는 곳

당신의 따스함이
맞닿게 되면
그것은 입맞춤

두 영혼이 맞닿아
영글어지면
그것은 사랑

당신을 만나 사랑할 수 있는
이곳은 지상의 낙원
온갖
평화가 숨 쉬는 곳

잊지 마세요
당신의 입김이
평화스럽게 만드니까요

나의 사랑이 들리시나요
나의 사랑이 느껴지시나요
언제나 난 당신 곁에
서 있는 파수꾼이고 싶습니다

사랑아!
나에게로 와서
평화와 사랑이 숨 쉬는 곳이
되어다오

장독대

고향집엔 그리움이 살고 있다
그리움 속에는
속 깊은 항아리 닮은
엄마가 살고 있다

가슴으로 품어낸
깊은 장맛 달래가며
서로 입맛 당겨주던
시절이 그립다

속은 점점 비어가고
묵은 기억들은
간장 소금꽃이 되어가고 있다

어느덧
보고픈 눈물 머금고
나와 같이 세월을 먹었네

애썼다
단 한 번도 말을 못 했는데
고맙다
그리운 마음으로
오래오래 같이 살자

홀연히 떠나간 당신

푸른 잎도 언젠가는 낙엽이 되고
예쁜 꽃도 언젠가는 떨어지듯이
세월 따라 덧없이 가는데

너무도 그리워
소리 내어 불러봐도
외로움만 쌓여갈 뿐
만날 기약조차 없는
숙명 같은 인연에
가슴이 아려오지만
이 또한 세상살이 아닌가

어제와 오늘이 다르고
오늘과 내일이 다르듯
사람 마음도 그렇습니다

봄처럼 따뜻했다가
여름처럼 뜨거웠다가
가을처럼 물들었다가
겨울처럼 차갑게 식을 수도
있습니다

좋은 인연은
내 안에 있는 빛과 같습니다
샘물 같기도 하지요
꺼지지 않는 빛과 같은 인연
그저 참고 기다리렵니다

향수

별빛 가득한 밤하늘을 보면서
잠들었던 추억
도시의 삶에 지칠 때마다
어릴 적 고향 냄새는
책갈피의 마른 꽃처럼
다시 일어서게 하는 우군이 되곤 한다

세상은 너무 급격한 변화의
소용돌이 속에 가슴앓이를 한다
가족 공동체는 빠르게 해체되고
요즘엔 가족 간의 사랑이 사라진 것
같아 행복하지는 않지요

사랑은 마주 보는 것이 아니라
함께 같은 곳을 바라보는 것
엄마 품 파고드는 갓 낳은
새끼들처럼…

그리움

얼굴이 먼저 떠오르면
보고 싶은 사람이고,
이름이 먼저 생각나면
잊을 수 없는 그리운 사람이다

봄이 아름다운 것은
꽃이 피어서가 아니라
오랫동안 참고 기다리는
그리움 때문이다

젊음도 흘러가는 세월 속으로
떠나버리고
추억 속에 잠자듯 소식 없는
친구들이 그리워진다

서럽게 흔들리는
그리움 너머로
보고 싶던 얼굴도
하나둘 사라져 간다

어느 사이에
황혼의 빛이 다가오니
너무나
안타까울 뿐이다

인연

살아있는 그대의 체온이
따뜻한 것은
더불어 살아가는 사람들이
있기 때문이다

어리석은 사람은
인연을 만나도 몰라보고
보통 사람은
인연을 알면서도 놓치고
현명한 사람은
옷깃만 스쳐도 인연을 살려낸다

흔적

정성 담아 찧은
봉숭아 꽃잎
반달 손톱에 초록 잎사귀
감싸고
무명실 한 가닥
얼기설기 묶는다

알맞게 잘 익은 과일처럼
봉숭아 꽃물
붉게 물들어 간다

할머니와의 추억은
그리움이 되고
기다림의 몫은
흔적으로 남는다

사랑의 디엔에이

두 개의 반쪽들이 함께 붙여져
'하나'가 된다
난 그것을 '사랑'이라 부릅니다

나의 사랑
당신에게
난 영원한 친구이고 싶습니다

말을 하지 않아도
우린 서로에게 편한 사이
무언은 가장 화려한 웅변입니다

까마득한 언젠가
난 아무것도 몰랐습니다
사랑이 무엇인지도 몰랐습니다
그렇기에 아픔도 몰랐습니다

그러나,
당신이 내 앞에 나타나
사랑과 아픔,
그리고 그리움을 알기 시작했습니다

난 내가 당신과 함께
느꼈던 감정을 당신도 똑같이
느끼기를 바라고
언제나 함께이기를 소망합니다

귀중한 것일수록 감추어 두고
싶어 합니다
나의 사랑을 당신에게 주기 위해
감추어 두었습니다

사랑은 누군가에게 아낌없이 주는 것
이젠 사랑을 다시 시작할 수 있습니다

고백

눈빛이 따뜻한 사람
자신만의 향기를 간직한 사람
사소한 걸 잊지 않고
기억해 주는 사람

있는 그대로의 당신!
당신과 더 오랜 시간을
함께하고 싶으니까

무슨 말을 했는지
잘 기억이 나질 않아요
나를 좋아한다고 고백했을 때도
아마 나는 '나도'라고
그렇게 대답했을 거라고
어렴풋이 짐작만 할 뿐!

따뜻한 커피 한 잔을
나눠 마시고 싶고
함께하고 싶다면
이건, 사랑일까요!

그리움

마음속에 꽃이 핀다
그대 그리는 내 마음이어라
밤하늘에 별이 뜬다
그대 그리는 내 마음이어라

사랑을 하면
마음은 꽃이 된다
마음엔 별이 뜬다

떨리는 고백과 수줍은 입맞춤
사랑은 한 줄의 고백으로 온다

계절 색 더해지는
짙은 커피향의 오후
나의 상념은 깊어만 간다

가슴 한가운데 북받치는 설움
때론 맑은 눈물로
씻어내야 한다

예감

왜 그런 날 있잖아요
그냥 막 기분이 좋은 날
어제와 같은 오늘이지만,
왠지 마음이 더 설레는
그런 날

왠지 기분이 좋은 예감이
드는 거
그런 거 있잖아요

세상에서 가장 아름다운 건
눈에 보이거나 만질 수 있는 게
아닌,
가슴으로 느껴지는 거
그런 거 있잖아요
사랑이 내게는 그랬어요

온기

엄마 손을 잡았을 때
세상에서 가장 따뜻한
온기를 느낀다

삶은 시래기에서
쿰쿰한 냄새가 고개를 내민다
겨울 밥상 위에 다시 숨 쉬는
푸른 온기를 맛본다

삶은 고구마에서
김이 풀풀 난다
젓가락으로 콕 찔러보면
익었는지 안다

후후 불며 동생 한 입,
나 한 입
따뜻한 난로의 온기를 맛본다

효란,
그 온기를
다시 돌려주는 일이다

그 봄날의 추억

열아홉 살의 정서를 만나게 했던
〈시는 세상에 연애편지 쓰기〉
강의를 떠올린다

지금 나는 세상에 연애편지를
쓰고 있는 걸까!

세상은 비에 젖고
그렁그렁 고인 침묵 속으로
자박자박 걸어 들어온
빗소리…

나는 갇힌 마음을 풀어 놓는다
내 긴 이야기를
조용히 들어주는

나를 만나기 위해
그 찻집에 간다

세상에 비가 내린다
덜 마른 빨래처럼
촉촉한 공기!

봄비가 다녀간 뒤
노오란 빛을 끌어내리는
개나리!
노랗게 웃는 야생 민들레!

하얀 입술을 내민
목련 꽃처럼…
나즈막한
너의 목소리를 듣는 듯하다

따뜻한 차 한 잔을 마시며
맺힌 마음 툭 풀리도록
그저 가만히
온기 가득 담은 편지를 쓰고
싶었다

아내

아내란,
고귀하고 소중하며 가장
아름다운 이름입니다

남편의 운명은
아내의 손에 달려 있을지 모릅니다
아내의 행복이
남편 자신의 전부일는지
모릅니다

아내는
젊은이에게는 연인이고
중년 남자에게는 반려자이고
늙은이에게는 간호사라고 합니다

좋은 아내를 갖는 것은
제2의 어머니를 갖는 것과
같습니다

가끔씩
티격태격 싸우고
토라졌다가도 다시 나란히
누워 자는 사람

별들이 밤하늘에 나란히 빛나듯
이 땅 위에 말없이 곁에서
지켜주는 사람,
고마운 사람,
참 고마운 아내라는 이름입니다

아름다운 인생의 동반자!
누가 먼저라 할 것도 없이
'당신이 옆에 있어 주어 정말
행복하다'
이 말을 자주 해야만 합니다

고운 마음은 꽃이 되고,
사랑하는 마음은 천사가 되며
좋은 말 한마디는 복이 됩니다

가까이 있어도 마음이 없으면
먼 사람이고,
멀리 있어도 마음이 있다면
가까운 사람이니,

사람과 사람 사이는 거리가
아니라 마음이 아닌가 합니다

소금 같은 당신과의 인연
그 소중함을 다시 한번 가슴에
새겨 봅니다

사랑하는 만큼
아름다워지며,
가슴을 여는 만큼
풍족해지고
참는 만큼
성숙해집니다

내 마음의 시를 세상에 내놓는다

홀로 원고지 앞에 마주 앉아
누군가에게 말을 걸듯
그림을 그리듯, 때로는 일기를 쓰듯
70편의 시들을 3부로 나누어 썼다

몇 해 전, 내 삶이 무너지는 소리에
무기력증을 앓게 되었다
내가 아닌 나로 살아온 허상으로
심장이 꽁꽁 얼어붙었다
그러던 중 잊고 살았던 내 모습을
조금씩 다듬어 시를 쓰면서
마음의 치유를 얻게 되었다

1부와 2부에서는
고통과 절망의 순간을 다루면서
평정심을 찾는 과정을 엮었고
3부에서는
홀로 견뎌야 하는 슬픔 속에서 나를
뒤돌아보는 시간을 갖고 위로를 받기도 했다